图书在版编目（CIP）数据

照顾爸爸 /（英）伊芙·柯伊著；发条鸟译. -- 石家庄：花山文艺出版社，2019.7（2022.5重印）
ISBN 978-7-5511-4637-1

Ⅰ. ①照… Ⅱ. ①伊… ②发… Ⅲ. ①故事课—学前教育—教学参考资料 Ⅳ. ①G613.3

中国版本图书馆CIP数据核字(2019)第090363号

河北省版权局登记 冀图登字：03-2019-085号

书　　名：照顾爸爸
Zhaogu Baba
著　　者：[英] 伊芙·柯伊　　译　　者：发条鸟

选题策划：北京浪花朵朵文化传播有限公司
出版统筹：吴兴元
责任编辑：李　爽
编辑统筹：冉华蓉
责任校对：李　伟
特约编辑：潘红叶
美术编辑：胡彤亮
装帧制造：墨白空间·闫献龙
营销推广：ONEBOOK
出版发行：花山文艺出版社（邮政编码：050061）
（河北省石家庄市友谊北大街 330 号）
印　　刷：雅迪云印（天津）科技有限公司
经　　销：新华书店
开　　本：635 毫米 × 965 毫米　1/8
印　　张：5
字　　数：1 千字
版　　次：2019 年 7 月第 1 版
2022 年 5 月第 2 次印刷
书　　号：ISBN 978-7-5511-4637-1
定　　价：49.80 元

读者服务：reader@hinabook.com 188-1142-1266
投稿服务：onebook@hinabook.com 133-6631-2326
直销服务：buy@hinabook.com 133-6657-3072
官方微博：@ 浪花朵朵童书

浪花朵朵

照顾爸爸

[英] 伊芙·柯伊 著　发条鸟 译

花山文艺出版社
河北·石家庄

这是威廉，我的小男孩。

今天，我是他的妈咪。

威廉可不会赖床，他要早早起来。

他一边跳着舞，
哼着歌，一边刷牙。

我帮他刮胡子，穿衣服。

我做了早餐，他最爱的牛奶麦片。

我带他出门做运动。威廉有着使不完的劲儿。他得多多锻炼，身体才会越来越棒。

我一会儿忙这个，一会儿忙那个，照顾威廉可真不容易呀。

每时每刻，我都把他放在心里。

这也太难了，还有很多很多的事等着我去做呢。

威廉马马虎虎的，
他走在路上，一不留神
就摔跟头了。

有时，他只需要休息一小会儿。

有时候，

一点点的爱

就能让他好起来。

威廉非常非常聪明。我告诉他，等他长大后，想做什么都行。

他可以是驯兽师，

也可以是宇航员。

他可以在最好的巧克力店工作，专门制作香喷喷的巧克力。

他那么聪明，还可以去当侦探，调查一下巧克力为什么不见了。

或者，他可以当个护士，照看那些因为吃了太多巧克力，身体不舒服的小孩。

可是呀，这些都不是威廉最想做的事。

他只想做好一件事，而且，这可是件不简单的事。

威廉只想当我的好爸爸。

可是呀，我希望他当个宇航员。我更希望，我们一家都是宇航员，一起在太空漫游。